ESCONDIDA

ESCONDIDA

JEAN-CLAUDE ALPHEN

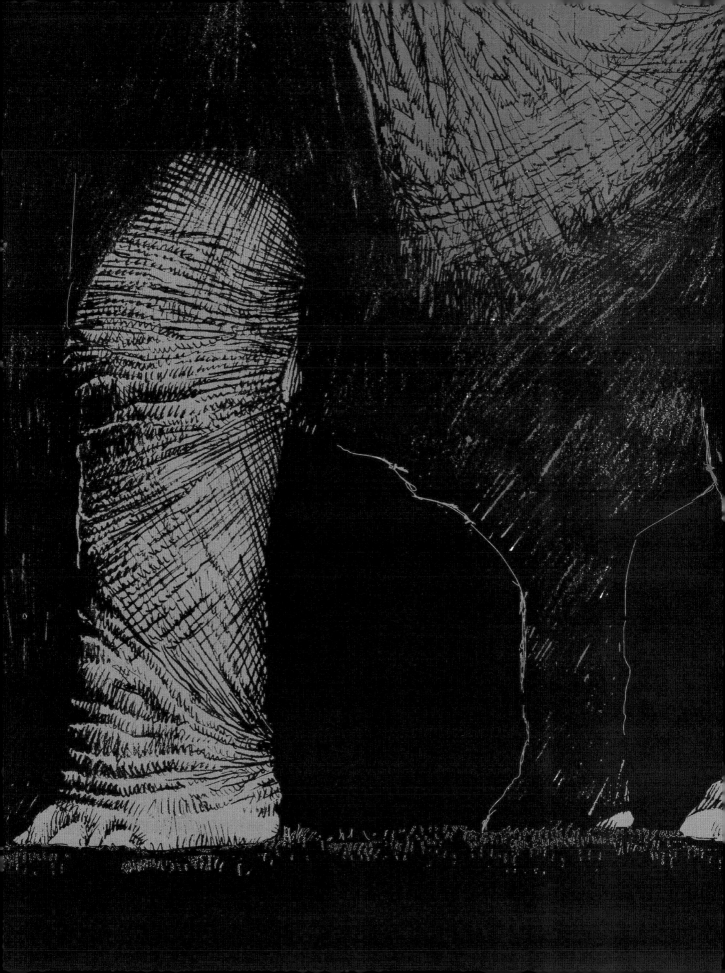

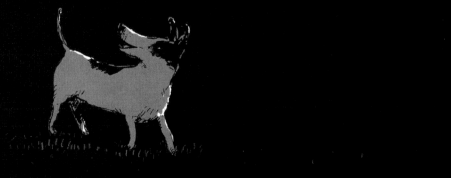

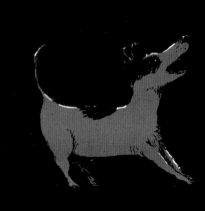

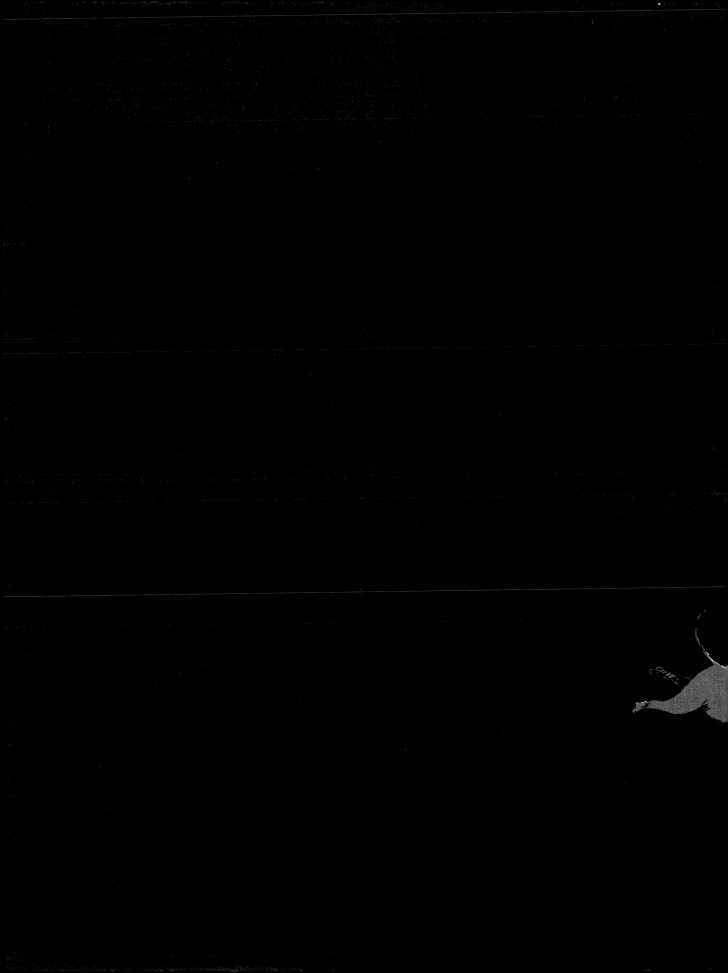

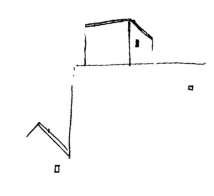

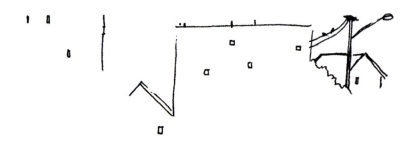

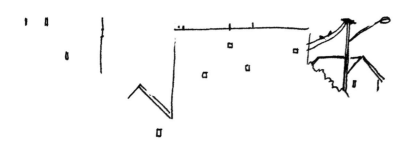

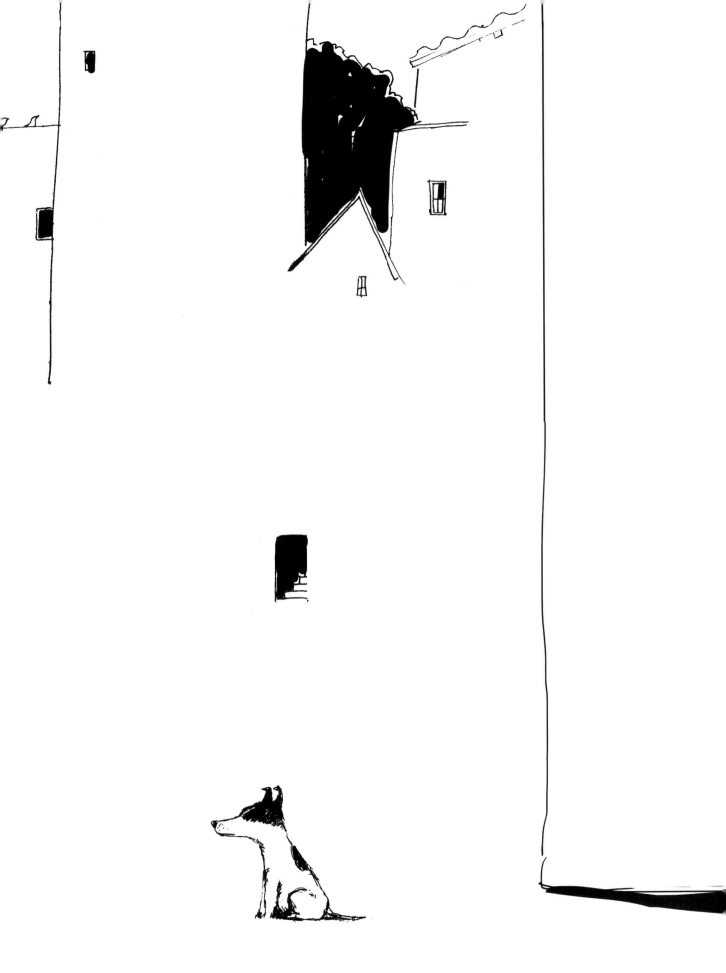

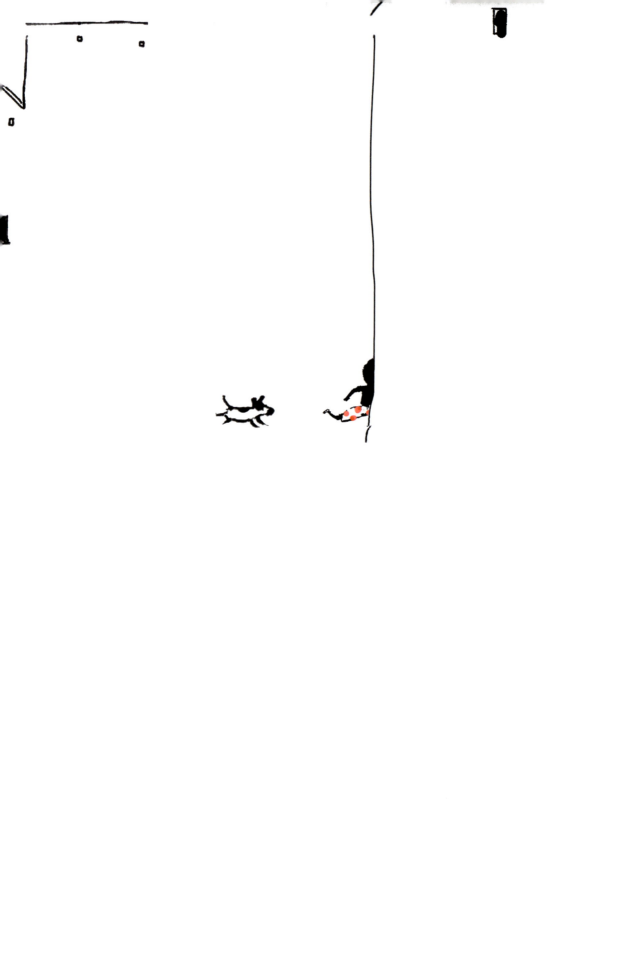

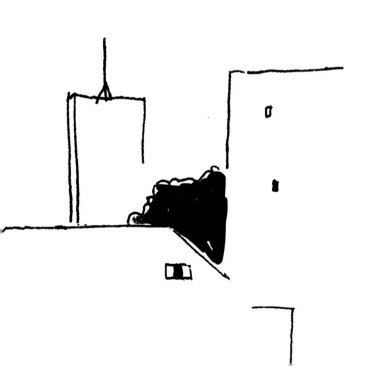

JEAN-CLAUDE ALPHEN

Nasceu no Rio de Janeiro, mas foi criado na França.
De volta ao Brasil, cursou Propaganda e Marketing na ESPM.
Começou a carreira de ilustrador como caricaturista do
Jornal da Tarde. Desde então, publicou mais de oitenta livros infantis e juvenis,
como autor ou ilustrador. Por seu trabalho, recebeu inúmeros prêmios, como
o da revista *Crescer*, o Glória Pondé, da Fundação Biblioteca Nacional,
e o selo Altamente Recomendável, da Fundação Nacional do Livro Infantil e
Juvenil (FNLIJ). Foi ainda duas vezes finalista do Jabuti. Pela SM, publicou
também *Otávio não é um porco-espinho!* Por outras editoras, publicou
Um sujeito sem qualidades (Scipione, 2010), *A bruxinha e o dragão*
(Companhia das Letrinhas, 2012) e *Zan* (Manati, 2014), entre outros.

© Jean-Claude Alphen, 2015

Coordenação editorial *Graziela Ribeiro dos Santos*

Edição de arte *Rita M. da Costa Aguiar*
Produção industrial *Alexander Maeda*
Impressão Bartira

Dados Internacionais de Catalogação na Publicação (CIP)
(Câmara Brasileira do Livro, SP, Brasil)

Alphen, Jean-Claude
Escondida / Jean-Claude Alphen ; [ilustrações do autor].
– São Paulo : Edições SM, 2016.

ISBN 978-85-418-1632-8

   1. Ficção — Literatura infantojuvenil
I. Título.

16-06875   CDD-028.5

Índices para catálogo sistemático:

1. Ficção : Literatura infantil 028.5
2. Ficção : Literatura infantojuvenil 028.5

1ª edição setembro de 2016
2ª reimpressão 2024

Todos os direitos reservados à
EDIÇÕES SM

Avenida Paulista 1842 – 18°Andar, cj. 185, 186 e 187 – Cetenco Plaza
Bela Vista 01310-945 São Paulo SP Brasil
Tel. (11) 2111-7400
atendimento@grupo-sm.com
www.smeducacao.com.br

FONTES Electra e Adorns Condensed Sans
PAPEL Couché fosco 150 g/m^2